Sana joka tuli lihaksi

Sana joka tuli lihaksi

Kertomuksia, ajatelmia ja runoja

Paavo Räisänen

Olen julkaissut aiemmin BoD:in kustantamana useita kirjoja.
Kirjailija sivuni: www.kirja-lakka.com

Kustantaja: BoD · Books on Demand GmbH, Helsinki, Suomi
Kirjapaino: Libri Plureos GmbH, Hampuri, Saksa
ISBN: 978-952-80-8362-7

Sisällysluettelo

Luvut:

Musiikki-runo esitysteni sanoja

Nämä videot on musiikin kanssa julkaistu YouTube kanavallani, jolle on linkki kotisivultani www.kirja-lakka.com

Hän on niin kaunis

baal tahtoo nyt viihdyttää

näin hän sanoo

Hän on niin kaunis

uljas

suora on hänen ryhtinsä

kunniakas otsansa

Hän on esimerkillinen

omien sääntöjensä mukaan

jotka hän loi

"tee huorin jo nuorena"

siitä aukeaa ymmärrys

saat osan temppelistä

minun rakennuksestani

Sillä hän nousi syvyydestä

minne Jeesus hänet ajoi

käytti hyväkseen tilaisuuden

kun ihminen irtaallinen

luopui Jumalan Sanasta

baal on Ilmestyskirjan peto

toinen nimi saatana

ihmiselle voittamaton

Herra hänet voittaa

voimallaan

kaunis on baalin ulkoasu

hänen esiintymisensä

jäljet johtavat syvyyksiin

sillä syvyyden kaivo on auennut

nousevat sieltä pahuudet

tulevat julki

kaunistettuina

takana pimeys

Hänellä on kaunis kalkittu kuori

sisällä peto

hänen iltamenonsa

huoruuden vuode

saastainen

käärme on yksi hänen olomuotonsa

pettää, valehtelee,

saa aikaan riitaa, murhaa

sillä sivistynyt käärme

elää pöydässä viinipullojen

aistillisuus on hänen tavoitteensa

vetoaa vietteihin

kauniit ovat hänen sanansa

lipevä kielensä

sillä "porton kieli on makea"

lipevä on kieli viettelijän

Koittaa tuomio

baal on edessä tuomarinsa

armoa on myöhäistä pyytää

hänen seuraajiensa

armoa tarjotaan vielä

ajan ilta on pitkällä

Älä käy ohi etsikkoaikasi

jokainen päivä

voi olla viimeinen

Kutsu kotiin

Hämyisät valot

kirottu istuu viinipöydässä

hän on uskon hylännyt

osassa Esaun

löytääkö enää

isän kotiin

taipuuko tunto

luopumaan kaikesta

ja tekemään parannuksen

Toinen on liperit kaulassa

lapsuuden usko hylätty

otettu osa

kadotetun

Siionin kansan arvostelijan

helvetti odottaa

valvoo uhriaan vuoteessa

odottaa kuolemaa

Kadotus vaanii

osaa jumalattoman

kukaan ei voi tietää

kenen armon aika on ohi

tunto paatuu

ei aukea enää

ei herää tuntemaan

Jumalan armoa

ei Sana kosketa

Pehmitys ihmiskunnan yllä

ei ole enää saatanaa

ei käärmettä vaanimassa

Jumala on muuttunut

sallii huoruuden

kaiken synnin

Ei perustu Raamattuun

joka ilmoittaa Jumalan Sanan

olevan muuttumaton

Hänen tahtonsa ikuinen

Kaikuu seurahuoneesta laulu

seuraa puhe

kutsuu vielä sieluja

harhailevia

synnin unta nukkuvia

"Tule ja katso,

Hän on täällä,

armahtaa katuvaa"

Luopumuksen lapsi

Luopumuksen lapsi ilmaantunut

kaiken synnin tehnyt

kaiken synnin hyväksynyt

tehnyt kaikesta sallittua

muuttanut lait ja asetukset

Raamattuun kirjoitettu

kadotuksen lapsi, synnin ihminen

Vainoaa lasta, nuorta

valtaa kouluopetuksen

luo mieleisensä somen, virtuaalimaailman

viihteen

tulee kaikkialle

lapsen, nuoren elämään

Peittää pehmityksellä ihmiskunnan

valtaa tieteet, mediat

vie ihmisten järjen

Kaiken uskon Jumalaan

kyvyn nähdä Jumalan maailma

kaikki, mikä ei mahdu ihmisjärkeen

järjetön

Sillä hän hylkää Jumalan antaman

järjen

joka oli apostoleilla

kirkkoisillä

Ne hän tuhoaa

seksiä, pehmitystä, valhetta

käyttäen

vainoaa totuutta

Helvetin kidasta

saatanan hampaista

on mahdollisuus palata

Sillä Kristus voitti kuolemallaan

perkeleen vallan

Tarjoaa armoaan

ikuista

Joka Häneen vetoaa

uskoo Hänen Sanansa

muuttumattoman

Rauha

"Minun rauhani minä jätän teille,
en minä anna niin kuin maailma antaa,
oman rauhani minä jätän teille"
sanoi Jeesus
Sen Hän antoi

Marttyyreillä oli rauha
he lauloivat selleissään kiitosvirsiä
odottaessaan tuomiotaan
he kiittivät Jumalaa
astellessaan mestauslavalle
Sillä heillä oli Jumalan rauha
uusi Isänmaa edessä
taivaan kunnia
ikuinen rauha
autuus

Kerran jokaisen laiva

rantautuu satamaan

loppuu matka mainen

On edessä tuomio

viimeinen

Uskovaisen osa rauha

kun hän odottaa tuomiota

viimeistä

Puuttuu Jumalan rauha monelta

synnin, harhaopin teillä

kulkijalta

Vielä Jumalan kansa tarjoaa

armoa ikuista

Joka tarjoaa rauhan

kun valmistautuu

matkalle viimeiselle

Tunnon rauha

aarre korkein päällä maan

lahja Jumalalta

kun synnit ovat anteeksi

suuret

Golgatalla maksettu

voi kiittää

lailla marttyyrien

"Ja haudat aukenivat,

pyhiä ruumiita nousi haudoistaan"

kun kalliot järkkyivät

ja Jeesus heitti henkensä

Kerran meidänkin hautamme aukeaa

sielu Isän käsiin annettu

nousee taivaan kunniaan

Yljässä kaunis

Roomalainen yhteiskunta oli pahasti rappeutunut. Vaikka esivalta oli silloinkin Jumalalta, yhteiskunnassa vaikutti voimakkaasti saatana. Se sai aikaan gladiaattoritaistelut. Se hämäsi esivaltaa, että gladiaattorit pelottavat häntä, sillä ei esivalta tieten tahtonut palvoa saatanaa. Tosiasiassa gladiaattori taistelut olivat kuin muinaista baalin palvontaa, oman aikansa sitä ja baal oli saatana. Sillä eivät baalin palvojat ymmärtäneet palvelevansa saatanaa, vaan luulivat baalin olevan Jumala.

Natsiaatteen takana oli hirvittävä valheen enkeli. Se sanoi palvelevansa Jumalaa ja olevansa saatanaa vastaan, mutta se oli julma ja häikäilemätön, kuten myös Stalinin vainojen takana ollut enkeli. Nämä valheen enkelit olivat saatanan viettelemiä ja siksi heidän johtamiinsa kuvioihin ujuttautui myös saatana. Gestapon toiminta oli tällaista, saatanan aikaansaamaa toimintaa.

Kainin uhri Raamatun alkulehdillä ei kelvannut Jumalalle. Kain uhrasi kasvattamiaan kasviksia, kun taasen hänen veljensä Aabel uhrasi lampaan, joka kelpasi Jumalalle. Kainilla oli oma ansio, hänen kättensä työ, vaikka maan hedelmää, Jumalan antamaa satoa ovat kasviksetkin. Kainin uhri vain on ennustus ajastamme, annettu esikuva. Kerran ihmiset hylkäävät lihan syönnin ja tekevät kasvissyönnistä ihanteen, tavan kelvata Jumalalle ja ihmisille, mutta he eivät kiellä lihan syntiä, himoa ja sen vapaata toteutusta. Kainin sisällä oli peto, jota hän peitti hyvillä teoilla. Kain tappoi veljensä Aabelin, vihoissaan Aabelin saamasta suosiosta Jumalalta. Kain piti hyvänä tekona valita uhriksi kasvikset, lihan asemasta. Aabelin uhri, lammas, oli esikuva viattomasta Jumalan karitsasta, Jeesuksesta, täydellisestä uhrista, joka sovitti syntimme antaen Golgatalla uhriverensä edestämme.

Baal oli Vanhan Testamentin paha epäjumala. Profeetat kukistivat monesti sen alttarit ja hävittivät sen papistoa, mutta se rakensi alttarinsa uudelleen. baalia ei ihminen voi kukistaa, koska se oli itse saatana, joka on maan päällä maailman loppuun asti jossain muodossa. Jeesus ajoi baalin pimentoon, mutta se on ihmisten luopumuksen kautta noussut pimennosta ja on voimissaan ja tekee pimeyden töitään, mutta usein kauniissa, viihdyttävässä asussa, sillä sillä on aina ollut kaunis julkisuuskuva ja takana hirveät palvontamenot. Se syö ihmislihaa ja raiskaa ruumiita ja silpoo uhrejaan.

Uskovainen tyttö on kaunis

sillä neitseen kuuluu kaunistaa itsensä Herralle

hän on Yljässä kaunis

siveys on hänen kauneutensa

vanhurskaus kruunu päässään

Kristuksen lahjavanhurskaus

lahja

omilleen

Ennen lapsille ja nuorille koulussa puhuttiin Jumalasta ja korostettiin Raamatun Sanassa pysymistä. saatana vihasi tätä. Ihmisten luopumuksen kautta se sai valtaa. Se sai aikaan luopumuksen vetoamalla vuosisatoja ihmisen itsekkyyteen ja koska se sai seksiä apuna käyttäen ihmisen lankeamaan. Ihmisten itsekkyys, jota saatana käytti hyväkseen, saastutti luonnon ja ilmaston. Tämä oli sen juoni. Saatana sai aikaan luopumuksen, jossa Raamatun arvovalta murrettiin. Jotain oli tuotava tilalle. Lapsia alettiin saatanan toimesta pelotella koulussa maailman loppumisella ympäristökatastrofilla. Luotiin uususkonto, nimeltä yltiöpäinen luonnonsuojelu. Katsokaa mitä sen menon takana on: Jumalasta luopuminen, hillitön vapaa seksuaalisuus ja Raamatun vastaiset sukupuolinormit ja Raamatun vastainen ihmiskäsitys.

Jumala oli kaukonäköinen, kun antoi Raamatun. Jo alkulehdiltä lähtien Jumala näki maailman aina maailman loppuun asti. Hän kirjoitutti Paavalilla: "ruumiin kulttuuri tosin vähä hyvä tekee." Jumala näki tämän päivän, joka on urheiluhullu ja urheilua palvotaan ja ruumiin harjoitusta ja se on synti, nimittäin kilpaurheilu ja kehon palvonta. Paavali kirjoittaa: "vähä hyvä tekee". Hän ei siis sano, ettei tee lainkaan hyvää. Aina ovat erikoisryhmät, jotka tarvitsevat työssään kovaa kuntoa. Armeija ikäinen sissi harjoittaa reservissäkin kuntoa kertausharjoituksia varten. Pelkkä ruumiin kulttuuri itse päämääränä ei ole hyvä. Kohtuullista liikuntaa voi suositella, koska se on terveellistä keholle ja mielelle.

Luopumuksen lapsi

On totta, että naisen rinnat ovat oikeasti imetyselimet. Tässä ajassa on paljon naisia, jotka eivät halua koskaan imettää. He esittelevät rintojaan miehille vähissä pukeissa ja haluavat jopa paljastaa ne. He haluavat vedota miehen luonnollisiin vietteihin ja metsästää näin sieluja kadotukseen, saatanan hallintaan. Sillä he viettelevät ihmisiä teille, joissa vallitsee aistillisuus ja seksuaaliset opit ja huoruus, jotka johtavat helvettiin.

Asetta käyttävä nainen on luopunut naisesta ja haluaa olla mies. Sillä miehellä on ase. Vihainen nainen tappaa miehensä. Hän ei saa tehdä sitä aseella.

Uskovaista ihmistä ohjaa Jumalan Pyhä Henki. Ihmisen suhde Jumalaan on tärkein vaikuttaja ihmisen henkisessä olemuksessa. Jos ihmistä ei hallitse Jumalan henki, häntä ohjaa saatanan ohjaamat himot ja halut ja hän elää niissä ja niiden ohjaamana.

Tämän ajan aistillinen huorahtava nainen haluaa kulkea paljain rinnoin. Hän väittää, ettei se ole seksiin haastamista. Hänellä on sama selitys, kuin juhliin puolialasti iltapuvussa pukeutuneilla naisilla: hänellä on kuuma. Miehetkin pitävät useinmiten paitaa myös helteellä päällä ja juhlissa heillä on paidan lisäksi puvun takki. Sisälämpötilaa juhlissa voidaan laskea, jos lämpötila on ongelma.

On olemassa harhaoppi, että ihmistä ja hänen henkistä olemustaan ohjaa seksuaalisuus, joka alkaa jo pienenä lapsena. Tässä opissa unohdetaan Jumalan osuus asiassa ja syntiinlankeemus. Sillä saatana viettelee lapsen yleensä unessa ennen kuin lapsen muisti alkaa. Siitä, miten lapsen opetetaan suhtautumaan tähän tilanteeseen ja kuinka lapsi alkaa suhtautumaan Jumalaan, tulee lapsen henkinen olemus ja se alkaa ohjata hänen käytöstään.

Lestadius saarnasi siveistä huorista. Onko heitä tänään, jos katsotaan ympärille. Huorin tehdään estottomasti ja vedotaan ajan muuttuneen ja huorinteosta tehdään ihanne ja esikuva myös lapsille ja nuorille.

Lestadius puhui armon varkaista. He vaativat armon, he eivät ota sitä vastaan, he ottavat vastaan, he hylkäävät oikean opin. He vaativat armon, tekevät uuden kuvan Jeesuksesta, Raamattuun perustumattoman, oman korvasyyhynsä ja mieltymystensä mukaan, josta Paavali varoitti.

Raamatussa on ennustettu aika, jolloin sekä mies että ihminen nousevat arvoon. Koska mies, myös nainen. Tämän ajan ihmisoikeusaatteet ovat pitkälti Jumalan vastustajan työtä ja niihin vetoaa saatana ja hänen omansa. Ne ovat täynnä seksuaalista kiihotusta, jotka vetoavat vietteihin ja vaativat huoruuden ja sen hyväksynnän. Jumalan ajama mies ja naiskuva on erilainen ja Jumalan ihmisarvo ja ihmisoikeudet poikkeavat ihmisten nykykäsityksistä.

Maailman katolla seisoo ihminen. Hän sanoo olevansa synnitön, elää huoruudessa ja hänellä on väärä oppi, josta Luther varoitti. Hän on tehnyt historiassa antikristuksen synnit ja sanoo olevansa Jumalan kaltainen ja kantavansa Jumalan valtaa maan päällä. Hän sanoo olevansa Jeesusta suurempi, sillä hän sanoo olevansa hyvä, vaikka Jeesus sanoi, että Hän ei ole hyvä, vaan ainoastaan Jumala.

Valehtelija

Saatana on valehtelija. Se väittää, että Jeesus kumosi ja poisti lain, vaikka Jeesus itse sanoi, että vähinkään piirto laista ja profeetoista ei katoa koskaan ja siis Vanhan Testamentin esikuvat ja saarnat ovat ikuisia. Niinpä se keksi valheen, johon ihmiset uskovat. Jeesus eli salaa huoruudessa hänen käärmeensä kanssa. Käärme vei Jeesukselta miehen, teki Hänestä miehen ja ohjasi hänen toimiaan ja hän, saatana antoi Jeesukselle opin, jolla hän vapautti itsensä lain alta. Hän salaa tätä, eikä päästä julki, mutta tämä oppi Jeesuksen huoruudesta on jo julkinen.

Jeesus voitti saatanan ja polki käärmeen pään rikki ristillä. saatana oli kirottu jo Paratiisissa Jumalan toimesta. Kun laki luettiin Siinain vuorella, taivas jyrisi ja leimusi tulta, saatana tuomittiin lain alle. Siitä lähtien saatana on vihannut Jumalan lakia ja pyrkinyt pois sen alta. Se löysi aseekseen Jumalasta luopuneen kirkon, kun synnin ihminen oli kuulutettu ja luopumus tapahtunut ja ihmiset halusivat vain elää moninaisissa himoissa ja huoruudessa. Lopulta se keksi naispapin, joka luopuu Raamatusta, ottaessaan pappisvihkimyksen. Naista on vaikea tuomita, ja helppo ohjata tiesi saatana.

Luther syytti Paavia antikristukseksi. Paavi teki antikristuksen synnit ja teot. antikristus on henki, joka ei voi tulla ihmislihaan yhtenä ruumiillistumana. Luther tiesi tämän, muttei saanut kertoa. Hän syytti Paavia niin kovasti, että kirjoitti sen Raamatun Ilmestyskirjan esipuheeseen. Mutta Paavi tavallaan oli antikristus. Vihollinen on henki. Joka tekee sen teot, muuttuu tietämättään häneksi ja saatana käyttää häntä ja hänen ruumistaan työssään.

Te väärän rauhan saarnaajat

varastatte vain Jumalan armon

sillä Raamatun Sana on totta:

"He sanovat: rauha, rauha,

ja ei siellä rauhaa ole"

käärme kertoo ihmisille rauhansa

aistillisen

lihallisen

saatana pettää ihmiset

vaaleassa kaavussa

olemalla hyvä, jalo ihminen

kadotuksen ansa

josta Jumala varoitti

Sanassaan

Jeremian aika on totta

liikkeellä ovat väärät profeetat

jotka lupaavat rauhaa sinne

missä sitä ei ole

Julkisynti rehoittaa

huorintehneet

tämän maailman kuninkaat

nousevat pimeyden luolistaan

ihmiset hurraavat

he tunnustavat heidän syntinsä

mutta eivät ota syntiä

eivät kerro tehneensä huorin

saatana on antanut heille

teolle toisen nimen

He elävät irstaudessa

saavat Jumalan tuomion

kerran

kerran viimeisellä tuomiolla

jolle on tultava jokaisen

He ompelevat pehmityksiä

jotta väistäisivät Jumalan tuomion

he haluavat hallita

vangita

sieluja

pimeyden ruhtinaan käsiin

haltuun

He saavat uhrinsa

sillä Jumala ei puhuttele ihmistä ikuisesti

kadotettujen tuomio

ei ole Jumalan Lapsen osa

hän on vapaa armolapsi

Jonka Jeesus verellään

osti vapaaksi

He tekevät pilkan

vanhurskaan uskosta

sanovat ajan muuttuneen

saatanan olevan nyt heidän herransa

kun hän sanoo antikristuksen muodossa

olevansa heidän vapahtajansa

he vetoavat armoon

eivät omista sitä

He ovat armon varkaita

joista Lestadius varoitti

kuin profeetallista ennustusta

meidän päiväämme

"siviät huorat"

tämän päivän ilmiö

He vetoavat lähimmäisen rakkauteen

eivät ymmärrä sitä

Sillä Jeesuskin tuomitsi, vihasi fariseuksia

Raamattu puhuu vain vähän

pimeyden voimista

Ei taipunut tahto

Viinassa on saastainen henki

jonka Lestadius havaitsi

puheet muuttuvat

kun kaljapullo kaivetaan esiin

sillä se on saatanan myrkky

tarkoitettu

kadotettujen viettelemiseksi

sillä sille on annettu kaunis kaapu

kuin ihanne

se on nostettu

kuin nostettu malja

kadotetun huulilla

Raamattu puhuu paljon lähimmäisestä ja hänen rakastamisestaan. Vanhan Testamentin aikana oli saatanan uskonto, baalin palvonta. Heitä profeetat hävittivät, tuhosivat. Jeesuksen aikana oli roomalainen rauha Israelissa. Jeesus tarkoitti lähimmäisillä kunnolla eläviä ihmisiä. Hän ei kerro juuri mitään koko Uudessa Testamentissa pimeyden voimista, jotka ovat olemassa ja ovat aina olleet, mutta yleensä piilossa. Nyt pimeyden ruhtinas on palvelijoidensa kautta tullut esiin luolistaan ja kulkee ihmishahmossa keskellämme, palvelijoidensa kautta. Jumala vihaa häntä ja hänen omiaan, vaikka tarjoaa syntiselle, joka katuu, parannusta.

Luther näki pimeyden voimat. Ne olivat hänen aikanaan piilossa luolissaan, mutta ne olivat kansan tiedossa. Luther opetti: "vihakin voi olla oikeutettua, jos Kristillinen rakkaus sitä vaatii". Ei ole oikeaa lähimmäisen rakkautta rakastaa ihmistä, joka elää hirveissä julkisynneissä, tullen luolistaan pimeydestä esiin, ja olla osoittamatta hänen menoaan synniksi. Pimeyden voimat tuhoavat rakkautta ja vääristävät armon ja tätä Jumala vihaa.

"Menkää hurskaasti nukkumaan,

ja älkää syntiä tehkö,

sillä huomenna teidän pitää kuoleman"

neuvoi Raamatun kirjoittaja

ei uskovainen ole synnitön

viimeinen matka voi tulla yllättäen

ei ole saattomiestä vieressä

siunaamassa

Me viemme syntiä hautaamme

mutta jäi todistus

hän halusi elää armosta

laittaa syntiä pois

Evankeliumilla

taivaltaa uskovaisena

nojaten

Evankeliumin matkasauvaan

"Sen sielun, joka syntiä tekee,

pitää kuoleman"

sanoo Raamattu

Laki on epäuskoiselle

joka ei omista armoa

ei pese matkavaatteita

Evankeliumilla

uskovainen omistaa armon

armo laittaa karttamaan syntiä

ei halua pahoittaa

Isän mieltä

Toista kuuluu kunnioittaa

mutta ihmistä ei kuulu nöyristellä

Jumalan vaatii nöyryyttä edessään

"Te olette kalliisti lunastetut,

älkää ihmisten orjat olko"

kirjoittaa apostoli

Kuuliaisuus Jumalan Sanalle

matkaohje

jokaiselle

Tämän Jumala vaatii

edessään

Laki annettiin Siinailla

taivas jyrisi, leimusi

Ihmiset kapinoivat silti lakia vastaan

ei taipunut tahto

kuuliaisuuteen Herran edessä

laki on voimassa

se on täytetty

ei kumottu

Sama kapina ihmisten keskellä

ei kelpaa tahto Jumalan

odottavat

Jumalan tuomiota

Uskolla pelastutaan

He tulevat luolistaan

haahuilevat ympäriinsä

he ovat väkivaltaisia

tihkuvat seksiä

Lapset ovat heidän saaliinsa

sillä käärmeen makealla kielellä

he puhuvat rakkaudesta

Takana petos

pimeys

sen voimat

synti

ja syntimeno

He tietävä olevansa tuomittuja

odottavat täytäntöönpanoa

ajan rajan takana

Jumala on kaikkivaltias

Hän toteuttaa tahtonsa

jos haluaa

Mutta Jumalan tahto

ja Jumalan sallimus

ovat kaksi eri asiaa

ihminen synnissä

hekumassa elävä

ei kuuntele Jumalan tahtoa

heidät

kuten apostoli kirjoittaa

Jumala laskee häijyyn henkeen

tekemään niitä

joita ei sovi

Uskolla pelastutaan. Ei ymmärryksellä. Kuitenkaan oikeaa uskon ymmärrystä väheksymättä.

Jumalalle noituus ei ole yliluonnollinen asia, vaan hyvin konkreettinen ja tosi. Jumalalle yliluonnollinen on luonnollista. Hän kykenee myös yliluonnollisia asioita ohjaamaan kuten haluaa, vaikkei hävitäkään pahuutta maanpäältä ennen kuin viimeisenä päivänä.

Kun vertaa filosofian tutkimista Raamatun tutkimiseen, huomaa eron ihmisviisauden ja Jumalan tekojen välillä. Samalla myös eron sen oikean Jumalan valkeuden ja sielunvihollisen valkeassa kaavussa esiintyvän harhaopin välillä.

Jumalan suuruutta ei ihminen käsitä. Kuitenkin pienikin todellisen pyhän tunteminen saa näkemään sen, kuinka pieni ihminen tekoineen on.

Yleensä aina kun jotain saa, jotain myös menettää.

Teologi on hyvin huteralla pohjalla, jos ennen pappisvihkimystä on kyseenalaistettava Raamattu ja luovuttava sen opetuksesta. Raamattu ei tunne mahdollisuutta naisen pappisvihkimykselle. Se näkyy sitten seurauksista.

Helvetti aukeaa huoruuden vuoteella

seuraa perässä

kuuluu iltaisin itku, valitus

helvetin pelossa

He sanovat:

ei ole helvettiä, kadotusta

eivät väistä

viimeistä tuomiota

Heidän tuntonsa on paatunut

itkien he etsivät vapautusta

saatana tarjoaa rauhan

omilleen

Moni kulkee synnin teillä

tunto paatuu

tulee hetki

tilinteko pelottaa

ei auta itku, vaikerrus

kun armon aika on ohi

osa on kuin Esaun

on myöhäistä katua

Kuule kutsu

kun tunto vielä puhuttelee

tulee hetki synnin yön

aika loppuu

etsikon

Keinomaailma

On vaarallista luoda

kuviteltuja vihollisia

saatana ottaa omansa

omii hirviöt, harhaopit

sitoo kahleisiin

tekee synnin orjan

paha on vapautua

orjuuden ikeestä

Ei Jeesus tarjoa loputtomasti

armoa, apua

sielulle katumattomalle

paatuneelle

Varallisuudesta saa nauttia uskolla, kunhan elää kohtuudessa. Liiasta pitäisi antaa pois köyhille ja vähäosaisille. Maailman varat pitäisi jakaa tasapuolisemmin. Länsimaissa kylvetään rahassa ja valitetaan jatkuvasti, että talouskehitys ei ole tarpeeksi nopeaa. Teknologian ei tarvitsisi kehittyä enää, sillä olemme saavuttaneet turhankin korkean teknologisen tason.

Teknologian kehityksessä pitäisi keskittyä käyttämään sitä hyödyllisesti. Teknologia, joka mahdollistaa kehitysmaiden talouden kehittymisen, on hyvää kehitystä. Länsimaissa uusi teknologia on pitkälti valjastettu palvelemaan rahaa ja ihmisen itsekkyyttä ja saatana vie sellaiset aatteet.

Tekoälyssä on vaaransa nimenomaan lapsille ja nuorille. Kone alkaa muovaamaan, muokkaamaan ja ohjaamaan ihmisten ajatuksia, arvomaailmaa ja käytöstä, sekä maailmankuvaa. Kone ei ota vastuuta teoistaan. Sillä ei ole tunteita, eikä omaa arvomaailmaa tai omaatuntoa.

Virtuaalimaailman kehittämisessä on tunnettava vastuu. Virtuaalimaailma vetää kuvitteellisiin maailmoihin ihmisiä, maailmaan, jossa ei ole todellista todellisuutta.

Teknologia ei saisi hallita ihmistä, vaan ihmisen pitäisi hallita teknologiaa. Tämä on muistettava eritoten tekoälyn kanssa. Ihmisen on pystyttävä kahlitsemaan sen toimintaa ja ohjaamaan sitä.

Villi nettimaailma pitäisi saada ihmisten hallintaan. Tämän kuuluisi tapahtua kansainvälisin toimenpitein esivaltojen kautta.

Lasten älypuhelinten käyttö on saatava hallintaan ja aikuisten ohjaukseen. Älypuhelimet suoltavat lapsille hallitsematonta ja haitallista sisältöä netin lähes rajattomasta maailmasta eri sovelluksineen. Lasten puhelimiin pitäisi asettaa ohjelma, jossa vanhempi voi ennalta määritellä ne nettisivut, joita lapsi saa käyttää ja joilla lapsi saa vierailla.

Kaikilla halukkailla pitäisi olla mahdollisuus käydä armeija. Nykyaikainen sodankäynti ei välttämättä vaadi liikkuvuutta. Viestikeskuksissa ja monissa kybersodan tehtävissä ja esikunnissa on tehtäviä, jotka soveltuisivat myös diabeetikoille ja liikuntarajoitteisille. Useimmat diabeetikot selviäisivät perus taistelijankoulutuksesta, liikuntarajoitteisille voitaisiin antaa pelkkä ampumakoulutus erikoistumisalansa lisäksi.

Sana joka tuli lihaksi

Ihmisen sukupuoli on biologinen. Sitä ei kuulu muuttaa. Jos ihmisellä ei ole selkeää sukupuolta, kuten trans sukupuolisilla, ei ole väärin korjata sitä lääketieteellisesti. Jos sukupuoli pystytään onnistuneesti korjaamaan pysyväksi sukupuoleksi, henkilö voi solmia avioliiton vastakkaisen sukupuolen kanssa.

Raamattu kertoo Sodoman synnistä, mistä Jumala rankaisi tuhoamalla kaksi kaupunkia. Sodoman synti oli homous ja lesbous. Jumala Mooseksen kautta tuomitsi tämän synnin ja se ei ole muuttunut. Jeesus täytti lain, mutta ei omien sanojensa mukaan kumonnut sitä, vaan se on voimassa maailman loppuun asti, kuten Jeesus sanoi. Myös Paavali tuomitsi homoseksuaalisuuden toteuttamisen. Taipumus on eri asia, kuin sen toteutus ja taipumusta pystytään usein korjaamaan.

Kaikki eivät uskoneet

harhaoppi vei heidät

saatanan tarjoamat houkutukset

himo

lupaukset paremmasta elämästä

hänen teillään

Sillä uskon tie

on ristin tie

Jeesuksen seuraajan osa

palkitaan maalissa

kun juoksu on päätetty

saavutettu kunnia

Karhun metsästyksessä talvipesästä tai haaskalta ei ole mitään pahaa. Ne ovat perinteisiä ja turvallisia metsästysmuotoja ja kantaa säädellään lupa rajoituksin, ja kannan säilymisen kannalta ei ole merkitystä, miten karhut kaadetaan. Karhua ei kuuluisi ampua juoksuun. Karhu helposti vain haavoittuu ja maastoon jäänyt haavoittunut karhu on erittäin vaarallinen.

Sana joka tuli lihaksi

asui keskellämme

kärsi

piinattiin

vaivattiin saatanalta

voitti kiusauksen, kärsimyksen

vuodatti Golgatalla uhriverensä

vapahdus synnin kuormasta

pelastus

uskovalle

Hän on ylösnoussut

sodan voittanut

voittanut kuoleman

synnin

perkeleen vallan

tarjoaa armoa

Valkeus keskellämme

uhrikaritsa

Ei Hän jättänyt omiaan

Hän lupasi:

"siellä missä kaksi tai kolme,

kokoontuu minun nimeeni,

siellä minä olen heidän keskellään"

Tule ja katso